KB182737

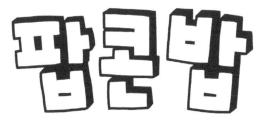

팝콘밥

❷ 스파이 팝콘 밥
팝콘 금지령을 해제하라

마랑케 링크 글
마르테인 판데르린덴 그림
신동경 옮김

차례

비행기에는 의자가 아주 많았다.

하지만 빈 의자는 하나도 없었다.

승객들은 다닥다닥 붙어 앉아 있었다.

마치 이삭에 나란히 붙어 있는 옥수수 알갱이들 같았다.

빌이 신음하며 투덜거렸다.

내 트랙터가 훨씬 편하겠어!

빌 옆에 앉은 여자는 고개도 들지 않았다.

여자는 노트북 자판을 쉬지 않고 두드렸다.

여자가 말했다.

"참 좋은 생각이네요.

빌 씨는 트랙터를 타고 네덜란드까지 날아오세요.

도착하거든 거기서 만나죠."

9

빌은 아무 말도 하지 않았다.

네덜란드로 가고 싶지 않았기 때문이다.

빌은 네덜란드가 어디 붙어 있는지도 몰랐다.

그가 아는 건 미국에서 네덜란드까지

아주 오래 걸린다는 것뿐이었다.

무려 아홉 시간이나….

빌은 여자를 따라 터덜터덜 걸었다.

미국에 있었다면 잠을 잘 시간이었다.

하지만 네덜란드는 이미 아침이었다.

빌이 연신 하품했다.

여자가 자동차 문을 열며 말했다.

"호텔로 가요."

빌도 자동차에 타려고 했다.

하지만 여자가 자전거를 가리키며 말했다.

"이게 네덜란드 방식이에요.

여기 사람들은 어디든 자전거를 타고 가요.

눈에 띄어서 좋을 게 없으니 저걸 타세요."

여자가 빌에게 종이 뭉치를 건넸다.

"지금까지 우리가 알아낸 거예요.

여자애 이름 그리고 집 주소"

여자가 차에 타서 문을 쾅 닫았다.

잠시 후 창문이 내려갔다.

여자가 창문 밖으로 머리를 내밀었다.

"빌 씨, 이 사건을 샅샅이 조사한 다음,

나한테 보고하세요. 뭐 해요!

꾸물거릴 시간 없어요.

빨리 자전거에 타요!"

엘리스

1장

건강한 레인보우초등학교

당근은 킴 선생님이야. 토마토는 교장선생님이고.

당근과 토마토라니…. 정말 끔찍하지 않니?

난 사람들 사이에 아무렇지 않게 서 있었어.

모든 게 마음에 드는 것처럼 행동했지만 절대 아니었어.

내 가방에는 두 가지 비밀이 숨어 있어.

킴 선생님이 알게 된다면, 난리가 날 비밀이지.

엘리스, 당근 먹을래?

어⋯ 네, 고맙습니다.

우리 학교는 건강한 학교로 공식 인정을 받았어.

오늘은 그걸 축하하는 날이야.

이미 건강한 학교였는데

그 사실을 번쩍거리는 황금 판에 새기게 된 거지.

황금 판에는 누군가의 사인도 새겼어.

아마 시장일걸? 아니, 총리였나?

아무튼 난 관심 없어.

그게 누구든 자기 직장에서는 날마다

햄버거를 먹을 거야.

우리는 이제 학교에서 맛있는 건 못 먹는데 말이야. 쳇!

어른들은 손뼉을 치고 환호성을 질렀어.

아빠와 아저씨도 그랬어.

어쩜 저럴까?

이제 우리는 학교에서 과자를 먹을 수 없어.

사탕도 안 되고 탄산음료도 안 돼.

그런 건 괜찮아.

딱 한 가지만 빼고.

팝콘 금지.

정말 이해가 안 돼.

킴 선생님은 어떻게 팝콘을 싫어할 수 있지?

선생님은 팝콘이라는 말만 들어도 진저리를 쳐.

난 가끔 일부러 팝콘을 넣어서 말했어.

물론 재미로 그런 거지.

선생님은 팝콘이 건강에 나쁘대.

하지만 그럴 리가 없어.

팝콘을 먹으면 행복하잖아.

그런데 어떻게 건강에 나쁠 수가 있어?

난 앞으로도 쭉 팝콘을 먹을 거야.

법으로 금지해도 그럴 거야.

지금 내 가방에는 팝콘 한 봉지가 들어 있어.

이건 비밀이지만, 우리 반 애들은 다 알아.

비밀이 또 하나 있어.

정말정말 큰 비밀.

이건 우리 반 애들도 몰라.

그게 뭐냐 하면…

> 엘리스,
> 그 당근 맛있을 거 같아.
> 네가 먹을 거니?

… 밥이야.

팝콘 밥.

살아 있는 옥수수 알갱이.

화나면 키위만큼 커지는 팝콘.

밥하고 같이 사는 건 쉽지 않아.

얘는 늘 배가 고프고 잠은 절대로 안 자.

화는 또 얼마나 잘 내는지 몰라.

그래도 나랑 가장 친한 친구야.

우리는 날마다 몰래 팝콘을 나눠 줬어.

당연히 우리 반 애들 모두 받았지.

어린이는 팝콘을 먹을 권리가 있으니까!

내 생각은 바뀌지 않을 거야.

밥도 그럴 거고.

와, 저기 엄청 큰 당근이
걸어 다녀!
맛있겠다.

쉿, 저 당근은 우리 선생님이야.
밥, 선생님은 먹는 게 아니란다.

우린 조심해야 했어.

주위에 사람이 너무 많았으니까.

제니가 날 노려보고 있었어.

제니한테 손을 흔들어 주고 뒤돌아서는데

심장이 방망이질을 쳤어.

제니가 밥을 본 건 아니겠지?

아무한테도 밥을 들켜서는 안 돼.

난 가방 지퍼를 꼭 잠갔어.

가방 안에서 밥이 소리쳤어.

"엘리스, 조금 열어 줘야 밖을 보지."

미안하지만 밥이 원하는 대로 해 줄 순 없었어.

2장

좋아, 지금이야!

드디어 채소 파티가 끝났어.

아이들 수백 명이 학교 안으로 뛰어 들어갔어.

모두 자기 교실로 들어가려다가 넘어지고 부닥쳤어.

꼭 그릇으로 쏟아지는 팝콘 같았다니까.

나는 가만히 손에 가방을 들고 기다렸어.

킴 선생님은 벌써 교실로 들어갔고,

날 지켜보는 사람은 아무도 없었어.

시간이 20초밖에 없었어.

20초 뒤에는 내 자리에 앉아야 했으니까.

난 재빨리 가방을 열었어.

"서둘러." 내가 말했어.

밥은 잽싸게 화분 위로 올라갔어.

거기가 늘 밥이 감시하는 곳이야.

밥이 어디 숨었는지 잘 모르겠지?

나는 신발 끈을 묶는 척했어.

"잠깐 기다려." 밥이 속삭였어.

유치원 애들이 달려오고 있었어.

엘리스, 준비됐니?

좋아… 지금이야!

난 몸을 웅크리고 코트 걸개로 재빨리 다가갔어.

그런 다음 코트 주머니마다 팝콘을 한 움큼씩 넣었어.

일이 잘 풀리고 있었어.

그런데 마지막 코트에 팝콘을 넣으려는 순간

밥이 흥얼흥얼 노래했어.

우리가 약속한 경고 신호였어.

루루루루루우~.

나는 얼른 가방을 내려놓고,

손에 팝콘을 가득 쥔 채로 벌떡 일어났어.

그러고는 뒷짐을 졌지.

저기서 누군가 다가오고 있었어.

교장선생님이었어.

토마토 옷은 벗고 있었지.

하지만 새빨간 운동화는

그대로 신고 있었어.

엘리스,
여기서 뭐 하니?

그때 팝콘 몇 알이

바닥으로 떨어진 게 보였어.

어쩌지, 교장선생님이 보면 안 되는데….

난 재빨리 발로 팝콘을 덮었어.

"선생님, 아까 진짜 멋진 토마토 같았어요."

내가 감동한 눈빛으로 말했어.

이상한 말이지만 통하기는 했어.

"고맙다, 엘리스." 교장선생님이 말했어.

"난 언제나 멋진 토마토가 되고 싶었단다.

어서 교실로 돌아가렴."

그 뒤로 온종일 신경이 곤두섰어.

밥 때문은 아니었어.

오늘 밥은 음식을 훔치지 않았어. 달아나지도 않았고.

그런데 누군가 날 지켜보는 느낌이 들었어.

가끔 그런 느낌이 들 때가 있지만 오늘은 특히 심했어.

집으로 갈 때는 누가 따라오는 것 같았다니까.

난 계속 두리번거리며 주위를 살폈어.

밥은 투덜거렸어.

"엘리스, 가방 좀 흔들지 마!"

결국 밥은 내 어깨 위로 올라왔어.

밥은 거기 앉아 있는 걸 좋아했어.

"밥, 가방으로 돌아가." 내가 조용히 말했어.

"누가 보면 어쩌려고 이래?"

밥이 또 투덜거렸어.

"누가 보는데?"

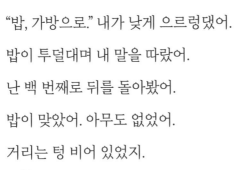

아무도 없잖아?

"밥, 가방으로." 내가 낮게 으르렁댔어.

밥이 투덜대며 내 말을 따랐어.

난 백 번째로 뒤를 돌아봤어.

밥이 맞았어. 아무도 없었어.

거리는 텅 비어 있었지.

"단테!" 내가 소리쳤어.

"단테, 너 거기 있어?"

단테는 옆집에 사는 친구야.

단테라면 날 몰래 따라오고도 남지.

아하, 저기 루이가 오는 걸 보니 틀림없어.

루이는 내 옆을 쌩 지나갔어.

"루이!" 내가 소리쳤어.

"형은 어디 있어?"

난 루이가 아니야.
호랑이거든?

그때였어.

누군가 내 어깨를 톡톡 두드렸어.

3장
귀염둥이 엘리스라고 부르지 말라니까

"안녕, 귀염둥이 엘리스!"

보나마나 단테겠지. 난 인상을 팍 찌푸렸어.

단테가 내 귀에 속삭였어.

내 코트엔 팝콘이 없더라.

내가 고개를 끄덕였어.

"왜?"

단테가 슬픈 표정을 지으며 물었어.

"왜겠어? 네가 날 귀염둥이 엘리스라고 불렀잖아."

솔직히 그것 때문은 아니었어.

넣고 싶었지만 그럴 수 없었지.

들킬 뻔했으니까.

하지만 단테한테 그런 것까지 말하고 싶지는 않았어.

난 단테한테 혀를 쏙 내밀었어.

그리고 집으로 달려가서 곧장 창고로 들어갔어.

가방을 바닥에 던졌더니 밥이 기어 나왔어.

꼭 그렇게 세게 던져야 해?

깜짝 놀랐잖아.

난 마당을 가로질러 집으로 걸어갔어.

밥은 걱정하지 않아도 돼.

곧 팝콘을 만들 걸 아니까 도망가진 않을 거야.

내가 뒷문을 열고 소리쳤어.

"아빠, 나 왔어! 밖에 나가서 놀다 올게. 이따 봐."

인사는 이걸로 끝.

1초 뒤, 다시 창고로 돌아왔어.

밥이 어디 갔지?

선반을 하나하나 훑어봤어.

그리고 바닥도….

밥을 찾을 수 없었어.

"밥?"

밥이 신문을 바닥으로 내던지며 웃었어.

너무 신나게 웃다가 결국 딸꾹질을 하고 말았지.

난 고개를 절레절레 흔들었어.

밥에게 화를 내려다가 참았어.

신문 더미 속에 전자레인지가 숨어 있었거든.

재빨리 팝콘 봉지를 넣고 버튼을 눌렀어.

우리는 3분 동안 팝콘 춤을 추다가

마지막에는 같이 카운트다운을 했어.

"오, 사, 삼, 이, 일…"

팝콘을 그릇에 부었어.

냄새를 맡았더니

기막힌 향기가 났어.

"밥, 팝콘 냄새를 향수로 만들까?

끝내주는 발명품 아니니?"

밥은 팝콘 몇 알을 입에 털어 넣었어.

"향수도 먹을 수 있어?"

난 코를 찡그리며 고개를 가로저었어.

밥은 눈알을 데굴데굴 굴렸고.

그럼, 나쁜 발명품이야.

밥은 창문으로 올라가서

바깥을 내다봤어.

난 팝콘 숨길 준비를 했지.

"아빠나 아저씨 보여?" 내가 물었어.

두 사람은 내가 여기서 팝콘 만드는 걸 몰라.

전자레인지는 까맣게 잊은 모양이야.

나한텐 다행이지.

"아무도 없어." 밥이 말했어.

마당은 안전하다!

밥이 팝콘 그릇으로 다이빙했어.

서둘러야 해. 안 그러면 밥이 눈 깜짝할 새에

몽땅 먹어 치울 테니까.

"너 꼭 피라냐 같아." 내가 말했어.

"그게 뭔데?" 밥이 팝콘을 씹으며 물었어.

"이빨이 날카로운 물고기야.

아마 소 한 마리를 먹는 데 2초도 안 걸릴걸?"

"와!" 밥이 눈을 반짝이며 말했어.

"소고기 맛있어?"

그때 갑자기 문이 벌컥 열렸고, 난 비명을 질렀어.

4장

너 진짜 대단하다

활짝 열린 문 앞에 서 있는 건 단테였어.

밥과 난 아무것도 할 수 없었어.

손가락 하나 까딱하지 못하고,

바닥에 주저앉은 채 얼어붙었어.

그런 채로 몇 초쯤 지났을까.

밥이 다시 팝콘을 씹기 시작했어.

아주 천천히 씹어서 꿀꺽 삼켰어.

그러고는 다시 팝콘을 입에 넣었어.

단테가 밥을 가리켰어.

저거 뭐야?

난 벌떡 일어나 단테 손가락을 잡고
창고 안으로 잡아당겼어.
그러고는 발로 창고 문을 닫았어.

"단테, 애는 밥이야.
밥, 애는 단테. 옆집에 살아."
단테가 눈을 빛내며 말했어.
"와!"
단테는 아주 천천히 걸어서 밥에게 다가갔어.
"와, 세상에. 이것 좀 봐.

감자 인간이야."

밥이 주먹을 불끈 쥐었어.

야, 꼬맹이.
난 밥이야. 팝콘 밥.
다시 감자라고 부르면
가만 안 둔다.

단테가 한 걸음 물러나서
나를 바라봤어.
"감자처럼 생겼는데.
이거 로봇이야?
건전지는 몇 개나 들어가?"
밥이 눈에 힘을 잔뜩 주더니
온몸을 부들부들 떨기 시작했어.
"걔 화나게 하지 마."
내가 서둘러 말했지만
이미 늦었어.

밥이 화가 났어.

나 감자랑 하나도
안 똑같아!

화가 나서 펄펄 뛰었어.
밥은 펄펄 뛸 만큼
화나면, 커다랗고 하얀
팝콘으로 변해.
밥이 변하는 걸 난 이미 여러 번
봤지만 이번엔 뭔가 달랐어.
그냥 이리저리 튀는 게 아니었어.
단테를 공격했어!
다리로 곧장 돌진하면서
늑대처럼 으르렁거렸어.

밥이 이러는 건 처음 봤어.

"밥, 안 돼!" 내가 소리쳤어.

밥은 단테 바지에 이빨을 박았어.

"우와!" 단테가 소리를 지르며 다리를 흔들었어.

밥은 더 세게 물었어.

"밥, 놔 줘!" 내가 외쳤어.

단테한테도 소리쳤어.

"빨리 미안하다고 해!

감자라고 안 부른다고 말하라고!"

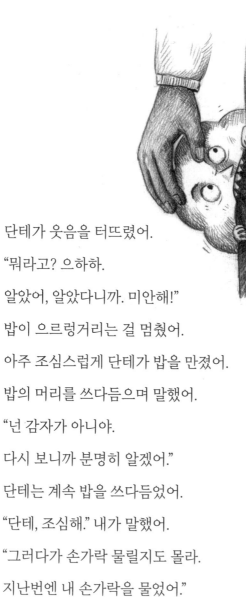

단테가 웃음을 터뜨렸어.

"뭐라고? 으하하.

알았어, 알았다니까. 미안해!"

밥이 으르렁거리는 걸 멈췄어.

아주 조심스럽게 단테가 밥을 만졌어.

밥의 머리를 쓰다듬으며 말했어.

"넌 감자가 아니야.

다시 보니까 분명히 알겠어."

단테는 계속 밥을 쓰다듬었어.

"단테, 조심해." 내가 말했어.

"그러다가 손가락 물릴지도 몰라.

지난번엔 내 손가락을 물었어."

다행히 밥은 물지 않았어.

다시 옥수수 알갱이로 돌아왔지.

그러고는 얌전히 모자를 쓰지 뭐야.

난 몹시 놀랐어.

단테는 활짝 웃고 있었어.

"얘 진짜 대단하다."

단테가 밥을 보며 말했어.

"너 진짜 대단해!"

밥이 고개를 끄덕였어.

"대단한… 뭐?"

밥이 숨을 멈추고 대답을 기다렸어.

"옥수수 알갱이!" 단테가 소리쳤어.

"대단한 옥수수 알갱이라고!"

이름이 밥이란 말이지! 으하하! 진짜 끝내준다!

5장

얘 도대체 누구니?

어쩔 수 없어.

이제부턴 단테도 우리 편이야.

뭐… 나쁠 것도 없을 거 같아.

단테는 태어나서 지금까지 죽 옆집에 살았어.

나를 늘 귀염둥이 엘리스라고 부르지만

그것 빼고는 괜찮은 친구야.

내가 말했어.

"다른 사람한테 절대 말하지 않겠다고 약속해."

단테는 고개를 끄덕였어.

"약속해."

난 고개를 저으며 으름장을 놓았어.

약속 어기면… 알지?

"귀염둥이 엘리…"

내가 인상을 썼어.

"내 이름은 그냥 엘리스야."

단테가 진지해졌지.

"엘리스, 아무한테도 말하지 않기로 약속해.

정말이야. 절대로 안 해."

"좋아." 내가 말했어.

단테한테 밥이 어떻게 나타났는지 다 말했어.

옥수수 알갱이 하나가

안 터졌다는 것.

그걸 다시

전자레인지에

넣었다는

것까지.

"그랬더니…
짜잔!"

"벌써 두 주나 밥과 지냈단 거잖아?" 단테가 물었어.

"왜 나한테 얘기 안 했어?"

내가 대답했어.

"비밀로 해야 했어. 한번 생각해 봐.

사람들이 밥을 알면 어떻게 되겠니?

밥을 데려갈 거야. 내 팝콘 천국도 없어질 테고."

"팝콘 천국?" 단테가 물었어.

"이 창고 말이야. 여기선 내 맘대로 팝콘을 만들 수 있어.

날마다 우리 반 애들한테 나눠 준 팝콘도

이 팝콘 천국에서 만든 거야."

단테가 날 빤히 바라봤어.

"엘리스, 넌 영웅이야.

로빈 후드 같은 영웅!

팝콘 영웅이라고 부를까?"

내가 웃음을 터뜨렸어.

밥도 데굴데굴 구르면서 웃었어.

"밥, 괜찮아?" 내가 물었어.

밥이 허둥지둥 일어서며 대답했어.

"응, 난 괜찮아."

단테가 밥을 손바닥 위에 올린 다음 말했어.

"로빈 후드는 의적이야.

의적은 의로운 도둑이란 뜻이지.

로빈 후드는 영국에 살았는데

부자한테서 돈을 훔쳐서

가난한 사람들에게 나눠 줬어.

로빈 후드는 왕 말을 안 들었어.

그래도 잘못한 건 없어.

왕이 못된 사람이었으니까."

내가 새 팝콘 봉지를 전자레인지에 넣었어.

단테가 나를 보고 말을 이었어.

"엘리스, 너도 불쌍한 어린이를 돕고 있잖아.

팝콘을 금지당한 어린이 말이야.

또 규칙도 지키지 않아. 로빈 후드처럼."

내가 시작 버튼을 누르며 말했어.

"그야 규칙이 틀렸으니까.

팝콘은 몸에 나쁘지 않아."

"맞아!" 단테가 맞장구쳤어.

규칙이 잘못되었다면, 지킬 필요가 없어.

그러는 동안 전자레인지 안에서 팝콘이 퐁퐁 터졌어.

단테가 내 어깨를 툭 쳤어.

"나도 팝콘 나눠 주는 거 도울게."

난 고개를 가로저었어.

"아니, 고맙지만 나 혼자서 할게."

혼자라니?

"참, 밥하고 같이." 난 재빨리 말을 바꿨어.

단테가 고개를 갸웃했어.

"로빈 후드가 혼자서 다 했다고 생각해?

아니야, 친구들이 있었어.

무슨 일을 하든 친구들이 도왔다고."

딱히 할 말이 떠오르지 않았어. 다 맞는 말이니까.

"팝콘 먹을래?"

단테 코 앞으로 팝콘 그릇을 들이밀었어.

"나는?" 밥이 투덜거렸어.

"너? 아까 너 혼자서 한 봉지 다 먹었잖아!"

6장
미국에서 온 여자

수프를 먹고 있었어.

난 서둘러 한 그릇을 비웠지.

그리고 샌드위치 세 개를 몰래 챙겼어. 밥에게 줄 거야.

밥은 내 방에 혼자 있어. 아마 무척 배가 고프겠지.

빨리 밥에게 가려고 일어서는데 초인종이 울렸어.

아빠와 아저씨가 서로 바라봤어.

"누구지?" 아저씨가 말했어.

내가 자리에서 벌떡 일어났어.

"내가 가 볼게."

현관으로 가다가 밥을 만났어.

"너 여기서 뭐 해?" 내가 속삭였어.

"방에 얌전히 있기로 했잖아."

배고파.

초인종이 다시 울렸어.

문을 열었더니 웬 여자가 문 앞에 서 있었어.

"안녕하세요?"

내가 인사했는데도 그 여자는 가만히 나를 보기만 하고,

말은 한마디도 안 했어.

"아빠!" 내가 소리쳤어.

그 여자가 여전히 날 바라보았어. 소름이 쫙 돋았어.

다행히 뒤에서 발소리가 들렸어.

아빠였어.

"안녕하세요? 무슨 일로 오셨나요?"

여자가 그제야 말하기 시작했어.

난 무슨 말인지 알아듣지 못했어.

영어로 말했거든.

아빠가 날 슬쩍 옆으로 밀었어.

"엘리스, 들어가 있을래?"

난 내 방으로 올라가다가

밥을 발견했어.

"밥, 너 왜 아직 여기 있어."

들킬까 봐 정말 놀랐어.

나는 밥을 안고서

맨 꼭대기 계단까지

올라갔어. 여기 앉으면

우리가 안 보여.

하지만 현관에서 말하는

소리는 다 들리지.

내가 밥에게 소곤소곤 말했어.

"아빠랑 어떤 여자가 영어로 이야기해.

밥, 너 영어 할 줄 아니?"

"쉿, 무슨 말인지 들어 볼게."

밥이 말했어.

"미국 얘기를 하고 있어."

밥이 내게 속삭였어.

"팝콘 얘기도 해.

내가 분명히 들었어."

어때, 나 영어 잘하지?

밥은 스스로가 꽤 자랑스러운 것 같았어.

내가 말했어.

"그래, 너 영어 잘해. 저 사람이 또 뭐라고 그랬어?"

"몰라." 밥이 말했어.

"팝콘이라는 단어만 들렸어. 엘리스, 나 지금 엄청 배고파."

그때 알았어. 밥은 영어를 할 줄 모른다는 걸.

밥이 내 다리를 쿡쿡 찔렀어.

"배고프다니까. 엘리스, 내 말 들었어?"

팝콘은 언제 만들어 줄 거야?

현관문 닫히는 소리가 났어.

얼른 가방에서 샌드위치를 꺼냈어.

"밥, 이거 먹어.

대신 여기서 꼼짝 말고 있기다."

난 계단을 달려 내려갔어.

"그 사람 왜 온 거래?"

아빠가 어깨를 으쓱했어.

"잘 모르겠어. 미국에서 왔대.

팝콘이 먹고 싶나 봐."

거스 아저씨가 큰 소리로 웃었어.

하하,
팝콘이라고?

아빠가 고개를 끄덕였어.

"그래, 나한테 "팝콘을 주세요."라고 했어.

그래서 내가 말했지."

> 우린 건강한 음식만 먹습니다.
> 여기엔 팝콘이 없어요. 안녕히 가세요.

아빠는 식탁을 치우면서도
낄낄거렸어.

난 웃지 않았어.

그 여자가 팝콘을 달라고 했단 말이지.

혹시… 그 여자가 밥에 대해 뭔가 아는 게 아닐까?

난 고개를 가로저었어.

아니야, 아닐 거야.

7장

이거 되게 재밌다

학교 가는 길에 단테한테 어제 있었던 일을

모두 다 이야기하고 싶었어.

하지만 루이까지 셋이 함께 학교에 가야 해서 참았어.

점심시간까지 기다릴 수밖에 없었지.

"되게 재밌네." 단테가 말했어.

"우리 넷이 학교에 가는 거 말이야."

단테는 밥이 내 가방 안에 있는 걸 알았어.

"호랑이는 재미없어." 루이가 말했어.

그리고 킥보드를 쌩 밀어

우리를 앞질러 갔어.

호랑이는
혼자 있는 걸 좋아해.

학교에 도착해서 모두 교실로 들어갈 때까지 기다렸어.

그런 다음, 코트와 가방에 팝콘을 한 움큼씩 넣어 주었어.

밥은 가방에 남지 않으려고 했어.

제발 자기도 데려가라고 애원했어.

"알았어, 알았다고." 내가 말했어.

밥을 몰래 교실로 데려가서 책상 서랍에 쓱 숨겼어.

킴 선생님이 두 손을 모아서 높이 들었어.

그 안에 뭐가 있는 것 같았어.

"믿을 수 없는 일이 생겼어요." 선생님이 말했어.

애들이 떠드는 소리가 뚝 멈췄어.

밥이 서랍을 살짝 열었어.

우리 들킨 거 아냐?

후다닥 서랍을 닫았어. 밥을 데려오지 말았어야 해.

교실이 어찌나 조용한지

바늘 떨어지는 소리까지 들릴 것 같았어.

킴 선생님이 손을 뒤집어 폈어.

무언가 탁자 위로 떨어졌지.

과자 부스러기인가?

앗, 저건….

"팝콘이에요." 킴 선생님이 화난 목소리로 말했어.

몸까지 부르르 떨었어.

"건강한 학교에 팝콘이라니.

코트 걸개 아래에 팝콘이 떨어져 있더군요.

아주 이상한 일이에요.

기름지고 더러운 팝콘 따위가…"

밥이 서랍 속에서 돌아다니는 소리가 났어.

'밥, 화내면 안 돼.' 마음속으로 빌었어.

교실을 한 바퀴 둘러봤어.

누가 이르면 어떡하지?

내가 날마다 팝콘을 나눠 준다고

선생님께 말하는 사람이 있을까?

리지는 손톱을 물어뜯었어.

엠마는 창밖을 바라봤어.

닉과 테드는 순진한 표정으로 선생님을 보았어.

제니도 아무 말도 하지 않았어.

그런데 단테가 손을 번쩍 들었어.

선생님이 단테를 봤어.

그러고는 눈을 찡그렸어.

"단테, 네가 팝콘 가져왔니?"

단테가 고개를 젓고는 손가락으로 날 가리켰어.

"그래, 네가 그럴 리가 없지." 선생님이 말했어.

내 눈이 커졌어.

뺨이 달아올랐어.

귀에서 윙윙 소리가 났어.

'저 배신자!'

속으로 소리쳤어.

그러면서 서랍을 단단히 붙잡았어.

8장
나 호박벌 잘 잡아

모두가 나를 바라봤어.

킴 선생님이 나에게 성큼성큼 다가왔어.

선생님 귀에서 하얀 김이 뿜어져 나올 거 같았어.

"선생님, 아니에요." 단테가 황급히 소리쳤어.

"엘리스가 가져오지 않았어요.

그러니까 제가 하려는 말은…"

엘리스는 팝콘 치우는 걸
도왔을 뿐이에요!

단테가 대체 무슨 말을 하려는 거지?

난 팝콘을 치운 적이 없는데.

머리가 지끈거리기 시작했어.

"범인은 1학년 여자애예요." 단테가 말했어.

"어제가 그 애 생일이었대요.

어… 어… 그래서 팝콘을 가져왔대요.

자기네 반 애들한테 간식으로 주려고요."

선생님이 손으로 입을 막았어.

단테가 선생님을 보고 씩 웃었어.

그러고는 다시 이야기했어.

"엘리스가 그 애를 본 거예요.

엘리스가 그 애한테 팝콘을 가져오면 안 된다고

말했어요."

학교에서 팝콘은 금지야.

"엘리스는 그 애가 팝콘 치우는 걸 도왔어요.

몽땅 쓰레기통에 버렸어요. 제가 봤어요.

아마 그때 팝콘 부스러기가 바닥에 떨어졌나 봐요."

"잠깐만."

엠마가 나를 돌아보며 말했어.

"팝콘을 몽땅 버렸단 말이야?"

대답할 말이 떠오르지 않았어.

배가 아프기 시작했어.

단테는 힘차게 고개를 끄덕였어.

리지가 눈살을 찌푸리며 말했어.

"너무 불쌍해! 자기 생일인데 친구들한테

아무것도 못 주게 됐잖아."

단테가 어깨를 으쓱했어.

"빈 컵이 남았잖아?"

선생님이 천천히 고개를 끄덕였어.

"빈 컵이라…."

선생님은 다시 교실 앞으로 돌아갔어.

"빈 컵이 있으면 좋죠.

물을 따라 마실 수 있잖아요.

아주 건강한 생일 축하 방법이에요.

잘했어요, 엘리스!"

자, 모두 공책을 꺼내세요.
지금부터 신나게 수학 공부를 합시다.

배 아픈 게 싹 나았어.

서랍도 살짝 열어 주었어.

밥이 열린 틈으로 날 째려봤어.

"정말이야?" 밥이 화가 나서 속삭였어.

큰일이야.

밥이 폭발하려고 해!

"으아아!" 밥이 소리를 지르며 폭발했어.

밥은 로켓처럼 공중으로 튀어 나갔어.

그 바람에 서랍이 바닥으로 떨어졌어.

엄청나게 큰 소리가 났어.

서랍에 들어 있던 물건들이 사방으로 날아갔어.

난 벌떡 일어났고,

단테도 벌떡 일어났어.

나머지 애들도 모두 일어났어.

의자들이 와당탕 넘어지고 난리가 났지.

"무슨 일이에요?" 선생님이 소리쳤어.

"호박벌 같아요!" 단테가 외쳤어.

"제가 잡을게요."

"아니야, 내가 할게." 내가 소리쳤어.

"나 호박벌 진짜 잘 잡아!"

내가 두 손으로 밥을 잡았어.

단테는 교실 문을 열었어.

누가 뭐라고 말하기도 전에

우린 밖으로 달려 나갔어.

9장

교장선생님의 득점입니다!

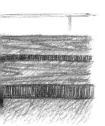

우린 체육관으로 뛰어갔어.

얼른 라커 룸으로 숨어들었지.

다행히 체육 수업이 없었어.

"아야!" 내가 비명을 질렀어.

밥을 놓아주며 소리쳤어.

"깨물지 마!"

밥은 벤치 위에서 펄쩍펄쩍 뛰었어.

고래고래 악을 쓰며 화를 냈지.

단테가 눈을 크게 뜨고 밥을 바라봤어.

"밥, 너 진짜 화를 잘 내는구나?

화가 나면 몇 바퀴 뛰는 게 어때?

그러면 화가 가라앉을 텐데…."

73

밥이 단테 말을 듣다니,
이건 기적이야.
밥은 라커 룸에서 뛰쳐나갔어.
빙글빙글 원을 그리며
체육관을 달리면서
소리를 질러 댔어.
그러면서 악당이랑 권투
시합이라도 하는 것처럼
공중으로 주먹을 내질렀어.
얼마 뒤,
밥은 점점 느려졌어.
두 주먹도 축 늘어뜨렸어.
그러더니 바닥에
푹 쓰러졌어.

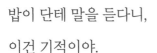

으아아아!

으아아!

와아!

와.

단테와 나는 밥 옆에 주저앉았어.

그리고 밥에게 말했어.

단테가 거짓말한 거라고.

"내가 어떻게 팝콘을 버리겠니?"

정말이지?

"아니라니까!" 내가 소리쳤어.

"난 절대로 그런 짓 안 해.

그러니까 밥, 다음부턴 무턱대고 화부터 내지 말라고!"

갑자기 단테가 손가락으로 입을 막았어.

"쉿."

목소리가 들렸어.

우린 번개처럼 재빠르게 숨을 곳을 찾았어.

체육관 뒤쪽으로 가서 뜀틀과 트램펄린 사이에 숨었어.

곧이어 체육관 문이 열렸어.

교장선생님이 걸어 들어왔어.

"네." 교장선생님이 전화에 대고 말했어.

"물론이죠. 학생들 모두 참석할 겁니다.

네, 네. 내가 잘 챙길게요.

코트와 가방이요? 확인할게요.

신발이요? 네, 그것도 확인하죠.

오늘 오후에 회의를 열 거예요."

그럼, 이만.
내일 만납시다.

교장선생님은 전화기를 주머니에 넣었어.

그런 다음 농구공을 들고 슛을 쏘았어.

공은 골대 근처에도 못 갔지.

교장선생님은 다시 공을 들고
통통 튕기며 뛰다가
골대 바로 밑에서 멈췄어.
거기서 슛을 넣고는 환호했지.

우아!
교장선생님의 득점입니다!
정말 뛰어난 재능입니다!
관중들이 기뻐서 펄쩍펄쩍 뜁니다!

우리는 교장선생님이 갈 때까지 기다렸어.

"뭘 확인하려는 걸까?" 내가 속삭였어.

단테가 걱정스럽게 말했어.

"우리가 알아내야지. 하지만 지금은 교실로 돌아가야 해.

안 그러면 킴 선생님이 우릴 찾으러 올 거야."

교실은 보통 때와 똑같았어.

내 서랍도 책상에 들어가 있었지.

킴 선생님한테는 호박벌을 놓아줬다고 말했어.

"잘했구나." 선생님이 말했어.

그리고 다시 수업을 이어 갔어.

곧 쉬는 시간이 되었어.

밥을 코트 주머니에 넣고 단테랑 밖으로 나갔어.

"내 말 좀 들어 봐." 내가 말했어.

"어제 우리 집에 어떤 사람이 찾아왔었는데…"

그때 이상한 낌새를 느꼈어.

"단테, 뒤돌아보지 마. 제니가 날 감시하는 거 같아."

단테는 곧바로 뒤로 돌아 제니를 봤어.

나는 고개를 돌렸어.

"보지 말라니까. 쟤는 못 믿겠어.

우리 얘길 할지도 몰라."

"그게 무슨 뜻이야?" 단테가 조용히 물었어.

"네가 팝콘 나눠 주는 거? 아니면 밥?"

난 코트를 벗으며 말했어.

알아낼 방법이 딱 한 가지 있지.

10장

건강한 나팔?

제니는 릴리와 함께 벤치에 앉아 있었어.

제니 옆에는 둘이 벗은 코트가 놓여 있었지.

내가 제니에게 다가가 크게 말했어.

"와! 오늘은 좀 덥다. 안 그래, 제니?"

제니가 날 불쾌하게 쳐다봤어.

난 코트를 벗어 둘의 코트 위에 툭 던졌어.

　코트 안엔 밥이 있었지.

　　밥이 잘 해내야 할 텐데….

단테와 난 정글짐에
매달렸어.
단테한테 어제
일을 마저 얘기했어.

"그 여자가 영어로 말하더라고." 내가 말했어.

"팝콘을 달라고 했대.

그 여자 아무래도 팝콘 회사에서 온 거 같지 않니?

밥이 들어 있던 팝콘을 만든 미국 회사 말이야"

단테가 웃으며 말했어.

"왜 그렇게 생각하는데?"

내가 단테를 쿡 찔렀어.

왜 날 안 믿는 거지?

"내가 그 회사에 메일을 보냈거든." 내가 설명했어.

"밥이 나타나자마자 보냈는데 답장이 왔어.

밥을 상자에 넣어서 자기네 회사로 보내라고 하더라.

물론, 난 그렇게 하지 않았지."

단테 얼굴이 굳었어.

"넌 그 여자가 밥에 대해

뭔가 안다고 생각하는

거지? 그런데 정말

밥을 데려가려고

미국에서 여기까지

왔을까? 그러기엔

너무 멀잖아."

내가 어깨를 으쓱했어.

내가 들었어도 이상하다고 생각했을 거야.

어쩌면 이게 다 내 상상일 뿐인지도 모르겠어.

"쉬는 시간 거의 다 끝났어." 단테가 말했어.

우린 정글짐에서 뛰어내렸어.

난 벤치로 가서 코트를 집어 들었어.

그러면서 괜히 중얼거렸어.

"이제 좀 추워졌네."

제니는 내가 의심스러운 눈치였어.

코트 주머니를 만져 봤어.

좋았어. 밥이 주머니에 그대로 있었어.

우리는 자전거 보관대로 뛰어갔어.

아무도 없는 걸 확인하고

밥을 주머니에서 꺼냈어.

"뭐 좀 알아냈니?" 단테가 물었어.

"당연하지." 밥이 말했어.

하나도 안 빼먹고 다 들었어.

"어서 말해 봐." 내가 재촉했어.

밥이 더 가까이 오라고 손짓했어.

"둘이 건강한 나팔 이야기를 했어."

단테가 밥에게 귤을 주었어.

밥은 껍질을 벗겨서 사방으로 내던졌어.

"밥, 분명히 건강한 나팔이라고 했어?" 내가 물었어.

"나팔이라니, 무슨 말인지 모르겠네."

단테가 빙긋 웃었어.

"밥이 나팔과 소리가 비슷한 말을 들은 거 같아.

나팔, 나팔, 나파….

뭐라고 했을까?

혹시… 건강한 나빠?"

"건강에 나빠!" 내가 소리쳤어.

"밥, 네가 들은 건 '건강에 나빠.'야.

'건강한 나팔'이 아니라고."

"그럴지도." 밥이 태연하게 대답했어.

첫, 주머니 속에서는 그렇게 들렸어.

"건강에 나쁘다고 했단 말이지." 단테가 말했어.

"그렇다면, 둘이 건강한 학교 이야기를 했단 건데.

밥, 또 뭐라고 했니?"

밥이 귤 한 조각을 또 삼켰어.

"팝콘은 건강한 나팔이라고 했어."

"팝콘이 건강에 나쁘다고 했겠지." 내가 말했어.

밥이 고개를 끄덕였어.

선생님한테 말할 거랬어. 우리가 팝콘 나눠 준다고.

난 눈을 꼭 감았어.

둘이 선생님한테 날 일러바칠

계획을 한 거야!

"그럼 넌?" 내가 물었어.

"쟤네가 너도 봤대?"

밥이 고개를 저었어.

밥은 제니가 자기를 못 봤다고 생각했어.

불행 중 다행이었지.

하지만 팝콘 비밀은 곧 들통나고 말 거야!

종이 울렸어.

교실로 돌아갈 시간이야.

우리는 애들 뒤를 따라 뛰었어.

"제니를 막아야 해." 단테가 말했어.

"제니가 선생님한테 못 가게 해야 해."

그래, 그건 나도 알아.

하지만 어떻게?

11장

무슨 일 있어?

가끔은 실타래처럼 꼬인 문제가 저절로 풀리기도 해.

다행히 교실에 킴 선생님은 없었어.

오스만 선생님이 책상에 기대서서 말했어.

"킴 선생님은 교장선생님과 오후에 열릴

회의 준비를 한대요.

뭔가 엄청난 계획이 있는 거 같던데…"

> 그동안 책을 읽어 줄
> 테니까 잘 들어요.

밥은 주머니 속에 조용하고 얌전하게 있었어.

책 읽어 주는 걸 좋아하나 봐. 진작 알았으면 좋았을걸.

점심시간에 단테네 집으로 갔어.

루이가 친구 집에 놀러 가는 바람에

우리 말고는 집에 아무도 없었어.

밥이 마음껏 뛰어다녀도 괜찮은데,

웬일인지 그러지 않았어.

아무것도 하지않고 그냥 소파에 누워 있었어.

축 늘어진 인형처럼.

"하, 이렇게 얌전하게 있을 때도 있네.

진짜 귀엽다."

단테가 밥의 뺨을 쓰다듬었어.

"밥, 피곤해? 자고 싶어?"

내가 소파에서 밥을 낚아채서

주방으로 달렸어.

"밥은 절대 안 자!" 내가 소리쳤어.

전자레인지 어디 있니?

단테가 따라와서 싱크대 위를 가리켰어.

"저기 있어.

근데 여기서 팝콘 만들면 안 돼."

"안 만들 거야." 내가 말했어.

밥을 전자레인지에 넣고 버튼을 눌렀어.

단테가 코를 찡그렸어.

"엘리스, 그러면 안 될 거 같아.

밥은 살아 있잖아?

전자레인지에 달걀 넣고 돌려 봤어? 펑 터져!"

내가 고개를 흔들었어.

"밥이 네 말을 못 들었으면 좋겠다.

밥은 달걀이 아니야. 옥수수 알갱이야.

가끔 전자레인지에 넣어 줘야 해.

그래야 힘이 나."

띵! 마침내 전자레인지가 다 돌아갔어.

내가 문을 열어 줬어.

"안녕!" 밥이 활기차게 말했어.

무슨 일 있어?
점심으로 뭐 먹어?

"좋은 아이디어가 떠올랐어." 단테가 말했어.

점심 아이디어야?

"우선 밥을 먹여야 해." 내가 말했어.

"안 그랬다간 진짜 문제가 생길지도 몰라."

밥이 치즈 샌드위치를 한 입 베어 물었어.

그걸 보며 내가 말했어.

"두 가지 문제가 있어. 첫 번째는 제니의 고자질."

"그건 걱정하지 마." 단테가 말했어.

"나한테 아이디어가 있다고 했지?

제니는 나한테 맡겨 둬."

"어쩌려고? 네 미소로 제니를 홀리기라도 하려고?"

"바로 그거야." 단테가 대답했어.

"오호!" 밥이 소리쳤어.

단테, 꼭 성공하길
바란다.

단테가 싱긋이 웃었어.

밥은 낄낄거렸지.

"그림을 그려서 제니한테 줄 거야." 단테가 말했어.

"뭐라고?" 내가 물었어.

단테가 그림을 잘 그리기는 해.

하지만 그림으로 제니의 고자질을 막을 수 있을까?

"제니가 유니콘을 그려 달라고 했어." 단테가 말했어.

"오래전부터 몇 번이나 해 달라고 했어.

이번에 그려 주면 틀림없이 좋아할 거야.

아마 이렇게 말할걸.

고마워, 단테! 날 위해
유니콘을 그린 거야?

그럼 이렇게 말하는 거지.

맞아. 널 위해 그렸어. 그러니까 선생님한테
팝콘 얘기는 하지 말아 줄래?

분명히 통할 거야. 날 믿어. 제니는 나한테 맡기라고."

벽에 붙은 로빈 후드를 보았어.

단테 말이 맞을지도 몰라.

모든 걸 나 혼자서 할 필요는 없어.

"좋아. 그런데 우리한테는 두 번째 위험이 있어.

선생님들 말이야.

학교에서 뭔가 하려고 계획하고 있어.

우리 가방을 하나하나 확인할 거야.

신발도 확인한다고 했어.

교장선생님이 그랬잖아?

선생님들이 뭘 하려는지 알아내야 해.

그걸 알아낼 아이디어가 떠올랐어."

내가 밥을 향해 고개를 끄덕이며 말했어.

밥, 널 스파이로
임명한다.

12장

대머리 키위

밥의 눈이 반짝였어.

피부에서도 빛이 났어.

밥이 두 팔을 번쩍 들며 외쳤어.

"야호, 신난다.

나 스파이 꼭 할 거야!"

나는 팝콘 스파이 밥이다!

내가 밥에게 말했어.

"스파이는 잘 숨어야 해.

선생님들이 회의할 때,

그 방에 숨어서 무슨 말을 하는지 잘 들어.

아까 코트 주머니에서 했던 것처럼 하는 거야.

그다음 네가 들은 걸 모두 얘기해 줘. 알았지?"

"오케이, 걱정하지 마." 밥이 말했어.

"근데 진짜 중요한 게 남았어.

나 뭘로 변장할까?"

"절대 눈에 띄면 안 돼."

밥이 혼잣말을 시작했어.

"난 그 방에 있어야 해.

하지만 그 방에 없는 것 같아야 해.

벽에 붙은 파리처럼."

"밥!" 단테가 나섰어.

"넌 파리랑 너무 달라.

키위로 변장하는 게

더 좋겠어."

밥이 단테를 노려봤어.

"뭐가 되라고?"

"키위!" 단테가 다시 말했어.

"키위로 변장해서 과일 그릇에

눕는 거야. 선생님들이 무슨

얘기를 하는지 잘 들릴 거 같은데."

밥이 또 화난 것 같아.

내가 머리를 좌우로 흔들었어.

단테가 나를 보고 말했어.

"왜? 좋은 생각이잖아?

봐, 밥은 대머리 키위랑 똑같아."

저런, 밥이 폭발해 버렸어.

바로 그 순간,

목소리가 들렸어.

"단테!"

누군가 계단을 올라왔어.

단테가 말했어.

"우리 엄마야. 서둘러."

내가 밥을 붙잡고 말했어.

"단테, 문을 잠가."

하지만 너무 늦었어.

이미 문이 열리고 있었어!

"내 귀염둥이." 단테 엄마가 말했어.

여기 있었구나!

단테 엄마는 네덜란드 말을 써.

그렇지만 원래는 미국 사람이야.

말하는 것만 봐도 알 수 있어.

말투가 꽤 재미있거든.

단테 엄마는 아주 친절해.

하지만 지금은 반갑지 않아.

밥이 내 무릎에 앉아 있잖아. 어쩌지?

단테 엄마가 나를 똑바로 바라봤어.

"엘리스가 왔구나." 단테 엄마가 말했어.

"아, 안녕하세요."

내가 억지로 웃었어.

단테 엄마가 방을 한 바퀴 빙 둘러봤어.

"벌써 뭘 먹었구나?"

단테 엄마의 두 눈이 음식 부스러기를 살피다가

밥을 보자마자 멈췄어.

밥은 여전히 커다란 팝콘 상태였어.

내가 두 손으로 밥을 꼭 붙들고 있었어.

밥은 부르르 몸을 떨고 있었어.

"이건 팝콘 인형이에요."

내가 말했어.

밥을 내 뺨에 대고 눌렀어.

그러면서 속으로 빌었어.

'밥, 제발 물지 마.'

"어머, 정말 귀엽다." 단테 엄마가 말했어.

"다리도 달렸네."

내가 또 억지로 웃었어.

"네, 맞아요."

애 엄청 귀여워요.

난 이해가 잘 안 돼.

여러 사람이 밥을 봤지만

아무도 의심하지 않았어.

호박벌이라고 해도 믿었고,

단테 엄마한텐 인형이라고 했어.

그런데도 믿었어!

밥을 키우라고 속이면 통할까?

"좀 있으면 한 시야." 단테 엄마가 말했어.

"학교로 돌아갈 시간이 됐네."

단테 엄마는 단테와 영어로 잠시 수다를 떨었어.

말투가 어제 찾아온 여자랑 비슷했어.

난 무슨 말인지 한마디도 알아듣지 못했어.

하지만 단테는 다 아는 것 같았어.

뭐라고 대꾸했으니까.

내가 놀라서 단테를 바라봤어.

너 언제부터
영어 할 줄 알았어?

"태어날 때부터." 단테가 말했어.

단테 엄마가 웃음을 터뜨렸어.

"미국인 엄마가 있으면 이렇게 된단다.

자, 학교 늦겠다. 빨리빨리 움직여!"

13장
성질 나쁜 스파이

학교로 돌아가는 길에 밥을 어깨에 앉혔어.

밥은 기분이 좋아졌지.

"밥이 다른 건 괜찮은데, 갑자기 화내는 게
문제가 될 수 있어." 단테가 말했어.

한숨이 나왔어.

"성질 나쁜 스파이라니. 일을 제대로 할지 모르겠다."

"나 지금은 너희 때문에 화나려고 하거든?"

밥이 말했어.

참는 게 얼마나 어려운데….

단테가 고개를 끄덕였어.

"루이도 가끔 그래.

그럴 때마다 엄마가 루이더러 10까지 세라고 했어.

밥, 너도 한번 해 볼래?"

1, 2, 3, 4, 5, 6…

"아니, 지금 말고." 내가 말했어.

"막 화가 나서 폭발할 거 같을 때 하란 거야."

"나도 알아." 밥이 투덜댔어.

"그런다고 화가 가라앉겠니?

정말 멍청한 방법이야."

오후 내내 오스만 선생님이 우릴 맡았어.

세 시가 거의 다 되었을 때

단테와 난 교실을 빠져나왔어.

우린 화장실로 갔어.

난 주머니에서 밥을 꺼냈고,

단테는 주머니에서 펜을 꺼냈어.

단테가 밥 얼굴에 그림을 그리기 시작했어.

밥은 가만있지 못하고 계속 꿈틀댔어.

"밥, 가만히 좀 있어." 내가 말했어.

간지럽단 말이야!

단테가 몇 번 슥슥 펜을 움직이자,

밥은 금세 키위로 변했어.

완벽하게 키위와 똑같았어.

수업 끝을 알리는 종이 울렸어.

아이들이 한꺼번에 복도로 우르르 쏟아져나왔어.

덕분에 눈에 안 띄게 움직일 수 있었어.

회의실은 텅 비어 있었지.

내가 손을 덜덜 떨며 밥을 과일 그릇에 놓았어.

밥이 다른 과일을 먹어 치우면 안 되는데….

다행히 밥은 그러지 않았어.

밥이 그릇 안에서 이리저리 돌아다녔어.

편안한 자리를 찾느라고 그러는가 봐.

밥은 바나나와 배 사이에 자리를 잡았어.

그러고는 전혀 움직이지 않았어.

놀랄 만큼 완벽했지.

드디어 회의가 시작되었어.

단테와 나는 복도에서 어슬렁거리다가

가끔 회의실을 슬쩍 들여다봤어.

밥은 과일 그릇에 얌전히 있었어.

아무도 눈치채지

못한 것 같았어.

그때, 갑자기 박수 소리가나서 회의실을 들여다봤어.

왜 다를 행복해 보이지? 단테에게 속삭였어.

"킴 선생님 좀 봐. 상이라도 받았나?

엄청 기쁜 표정이야."

"무슨 얘기를 하는 거지?" 단테가 작게 말했어.

"아침마다 가방 검사를 하려는 걸까?"

"팝콘 찾으려고?

엘리스, 정말 그렇게 되면 어떡해?"

내가 고개를 푹 숙이며 말했어.

"학교에 팝콘 가져오는 건 끝이지."

한숨이 나왔어.

"선생님들이 팝콘이 나쁘다고 말하면 안 되는데.

만약 그랬다간 밥이 과일 사이에서 폭발할 거야."

갑자기 걱정이 돼서

다시 회의실을 엿보았어.

모나 선생님이 일어섰어.

"단테, 어떡해!" 내가 속삭였어.

모나 선생님이 과일 그릇으로 손을 뻗었어.

우리 둘 다 회의실 창문에서 눈을 떼지 못했어.

목덜미로 식은땀이 줄줄 흘러내렸어.

모나 선생님은 공중에서 손을 빙빙 돌렸어.

뭘 집을지 결정하지 못했나 봐.

"배를 집어요. 제발." 단테가 주문을 거는 듯 속삭였어.

배를 집어요. 키위는
맛없어요. 배가 맛있어요.

휴, 모나 선생님이 배를 집어 들었어.

꾹 참았던 숨을 내쉬었어.

진짜 완전 조마조마했어.

곧 회의가 끝났어.

우린 회의실이 빌 때까지 숨어 있었어.

모두가 떠나자 과일 그릇에서 밥을 안아 올렸어.

"넌 진짜 대단한 스파이야." 내가 말했어.

"큰일 났어." 밥이 말했어.

너희가 생각하는
그런 게 아냐.

14장
염소수염을 기른 남자

우린 서둘러 학교에서 나왔어.

"밥, 어서 말해 봐." 내가 물었어.

밥이 가방에서 고개를 내밀었어.

휴, 한숨이 나왔어.

"밥, 좀만 참아."

"과일 냄새가 정말 좋았단 말이야."

밥이 징징거렸어.

그러고는 내 어깨 위로 폴짝 올라왔어.

단테가 밥에게 사과를 주었어. 내가 말했어.

"공원에 갈 때까지 사과 먹어. 거기라면 조용히

이야기할 수 있어.

밥, 자세히 이야기해

줘야 해. 몽땅 다!"

그런데 길가에 웬 염소수염을 기른 남자가 서 있었어.

자전거에 삐딱하게 기대 있었지.

남자는 우리가 지나가는 걸 빤히 쳐다봤어.

난 머리카락으로 밥을 덮었어.

아무도 밥을 못 보게 하려고 그랬는데

밥은 간지러웠나 봐.

에취, 재채기를 하고 말았어.

남자를 보았더니 여전히 우리를 노려보고 있었어.

공원에는 조용한 곳이 많아.

우린 나무 아래에 앉았어.

밥은 이끼로 뛰어들었어.

"밥, 어서 말해 줘." 단테가 말했어.

"뭘 알아냈니?"

밥은 메뚜기처럼 풀밭을 뛰어다녔어.

"밥!" 내가 단호하게 불러도 소용없었어.

밥은 메뚜기 점프에 푹 빠져 있었어.

"밥, 이리 와." 내가 다시 말했어.

"네가 들은 걸 얘기해 줘야지.

선생님들 계획이 뭐니?"

밥이 다리를 쩍 벌리고 우리 앞에 서서는

풀잎을 질겅질겅 씹으며 말했어.

"좋아, 말해 주지."

영화야!

밥이 당차게 말하더니 물구나무를 섰어.

단테와 난 서로 얼굴을 바라봤어.

"영화라고?" 단테가 깜짝 놀라 물었어.

"그래." 밥이 물구나무선 채로 대답했어.

"내일 운동회 날이지?

누군가 영화를 찍으러 올 거랬어.

건강한 학교에 대한 영화래. 걱정할 건 없어."

"그럼 가방 얘기는 뭔데?" 내가 물었어.

"선생님들이 가방 검사를 한다고 했잖아?"

"안 할 거야." 밥이 대답했어.

"내일은 가방을 가져오면 안 되거든.

신발은 좋은 걸 신어야 해. 그게 다야."

팝콘 이야기가 아니라고 하니 안심이 되었어.

난 풀밭에 벌렁 드러누웠어.

그리고 하늘에 둥둥 떠다니는 팝콘 구름을 쳐다봤어.

마음이 너무 편했어.

누군가 우리에게 다가오는 것도 모를 만큼.

그때 누가 치타만큼이나 빠르게 달려오고 있었어.

난 벌떡 일어났어.

우리 앞에 아까 봤던 염소수염 남자가 서 있었어!

자전거는 없었어.

남자는 단테와 나는 거기 없는 것처럼 행동했어.

오로지 밥만 노려봤어.

단테가 나보다 빨리 움직였어.

풀밭에 있던 밥을 잽싸게 안아 올려서

자기 후드 티 안에 넣었어.

진짜 완전 무서웠어.

밥을 훔치려는 걸까?

저 남자가 우리보다 훨씬 큰데 어떡하지?

난 단테 앞을 가로막으며 남자한테 소리쳤어.

"저리 가요! 꺼지라고요!"

목소리가 떨렸어.

난 팔을 마구 휘저으며 위협했어.

다행히 효과가 있었어.

남자가 잠깐 망설이다가

휙 돌아서서 도망쳤어.

15장

빅 호텔

"저 사람 누구야?" 단테가 물었어.

목이 꽉 막혀 말이 잘 안 나왔어.

"아까 봤던 사람이야." 내가 겨우 말했어.

단테가 놀라서 나를 바라봤어.

"어디서?"

밥이 단테 후드 티 사이로 머리를 내밀었어.

애들아.

"팝콘 스파이 말 좀 들어 볼래?
여기 서서 잡담이나 하고 있을
때가 아니야. 어서 저 남자를
따라가야 해."

내가 고개를 끄덕였어. 밥이 옳아.

저 남자가 누군지 알아내야 해.

밥을 코트 주머니에 넣었어.

우린 공원을 가로질러 달렸어.

밥은 흔들리는 걸 싫어하지만 불평하지 않았어.

저 멀리 그 남자가 보였어.

"저기 있다!" 내가 소리쳤어.

염소수염 남자가 자전거에 올라타고 있었어.

남자가 비틀거리며 페달을 밟기 시작했어.

"빨리 쫓아가!" 밥이 외쳤어.

우리는 있는 힘을 다해 남자 뒤를 쫓았어.

다행히 남자는 자전거를 잘 타지 못했어.

진짜 서툴렀다니까.

그 덕에 쉽게 따라잡았지만….

남자가 공원을 빠져나가 차도를 가로질렀어.

그러더니 자전거를 탄 채로 인도로 올라섰어.

하지만 제때 브레이크를 잡지 못해서

자전거가 벽을 쾅 들이받고 말았지.

남자는 비틀비틀 자전거에서 내렸어.

동작이 너무 어설퍼서 강아지를 밟을 뻔했지 뭐야.

"진짜 못됐어." 내가 말했어.

그런데 갑자기 남자가 무릎을 굽히고 앉았어.

그러고는 아주 다정하게 강아지를 쓰다듬었어.

강아지를 산책시키던 여자가 남자를 보고 웃었어.

남자도 여자를 보고 웃었어.

남자가 여자에게 무언가 말했어.

아주 친절한 목소리였어.

난 한 단어만 알아들었어.

"단테, 너도 들었지?

남자가 '미국'이라고 했어."

단테가 고개를 끄덕였어.

"저 남자 미국 사람이야.

말하는 걸 보면 알 수 있어.

저길 봐."

남자가 건물로 들어갔어.

"저 남자 빅 호텔에 묵는구나."

"이제 뭘 할까?" 단테가 물었어.

"난 집에 가야 해." 내가 대답했어.

"팝콘을 만들어서 먹을 거야.

그러면 생각이 더 잘 나겠지."

맞아. 팝콘을 먹어야
머리가 팽팽 돌아가지.

"내일 이 호텔 앞에서 만나.

여기서부터 조사를 시작하자."

"내일은 운동회야." 단테가 말했어.

난 어깨를 으쓱하며 말했어.

"그래? 그러면 나중에 하지 뭐."

16장

아주 재미있을 거야

밤새 걱정하느라 한숨도 못 잤어.

거기다가 밥이 계속 쩝쩝거렸어.

밥은 팝콘을 다 먹었어.

그러고도 땅콩 한 봉지를 다 먹어 치우려고 했어.

부스럭, 부스럭, 아드득, 바드득.

껍질 까고, 땅콩 씹는 소리가 귀에 거슬렸어.

"밥, 제발." 내가 어금니를 앙다물며 말했어.

아유, 내가 베개를
뒤집어쓰고 말지.

톡, 토도독, 톡.

아, 정말.
베개로 귀를 막는 수밖에.

결국 나도 일어나서 땅콩을 깠어.

"넌 걱정도 안 되니?" 밥에게 물었어.

밥은 땅콩만 먹어 댔어.

"무슨 걱정?"

"그 사람이 널 발견할 수도 있잖아." 내가 말했어.

밥이 나에게 땅콩 한 알을 내밀었어.

"나 너랑 함께 지낼 거야." 밥이 말했어.

누가 날 데려가면,
그놈 코를 꽉 깨물 거야.

그리고 너한테 곧장 달려오면 되지.

조금 있으면 아침이야.

밤새 한숨도 못 자고 생각했어.

팝콘을 달라고 했던 여자는 누굴까?

염소수염 남자는 왜 나타났을까?

둘 다 미국 사람이잖아.

그냥 우연일까? 그럴 리가 없어.

팝콘 회사에서 온 거야!

틀림없어. 그렇지 않고는 말이 안 돼.

지금이 일곱 시라면

당장 단테한테 가서 말했을 텐데….

아, 어쩌지?

아침을 먹는데도 계속 하품이 나왔어.

아빠와 거스 아저씨는 일 얘기에 빠져 있었어.

식탁에서 토스트와 포도를 집어서

조금 베어서 먹고

나머지는 주머니에 넣어 주었어.

"엘리스, 오늘 운동회 기대되니?"

아빠가 난데없이 물었어.

갑자기 목이

탁 막혀서

겨우겨우

대답했어.

"물론이지."

밥은 내가 뛰는 걸 싫어해.

흔들리는 걸 좋아하지 않는 거야.

마음속으로 이번에는 밥이 잘 참길 빌었어.

"반 애들이랑 숲에 간다니, 참 좋겠어."

거스 아저씨가 말했어.

"학교 운동장에서 하는 운동회와는 꽤 다를걸.

포레스트 파워는 훌륭한 스포츠 클럽이야.

거기에 우리가 만든 오리도 있어. 맞지, 스티브?"

아빠가 고개를 끄덕였어.

"우리 보고 스포츠 고무 오리를 만들어 달라고 했었어.

그래서 시리즈로 만들어 줬지."

등산가 고무 오리.

울퉁불퉁 근육 고무 오리.

마라토너 고무 오리.

생각만 해도 웃음이 났어.

고무 오리 만드는 게 직업이라니.

다른 애들 부모님들은 다 평범한데 말이야.

우린 차를 타고 숲으로 갔어.

자전거를 타고 가기에는 너무 멀어서

거스 아저씨가 태워 주기로 했어.

어젯밤에 생각한 걸 단테한테 소곤소곤 얘기했어.

이번엔 단테도 웃지 않았어.

걱정스러운 눈치였지.

아저씨가 거울로 우리를 보고 있었어.

"뭐가 그렇게 심각해?" 아저씨가 말했어.

"비가 와서 그러니?

그래도 재미있을 테니 걱정하지 마."

내가 아무렇게나 대답하려는데

거울에 뭔가 보였어.

누군가 자전거로 우리 차를 뒤쫓고 있었어.

나는 누군지 단박에 알아봤어.

단테에게 이 사실을 얼른 말했어.

"또 그 남자야!"

단테가 창문을 열고 머리를 내밀었어.

"그러다 다 젖겠어." 아저씨가 말했어.

난 뒤를 돌아보았어.

남자가 길가에 자전거를 세우고

차가 모퉁이를 돌 때까지 우리를 지켜봤어.

17장
포레스트 파워 스포츠 클럽

다행히 비는 그쳤어.

태양이 물기를 머금은 채 빛났지.

아저씨가 우리를 주차장에 내려 줬어.

단테와 나는 킴 선생님한테 걸어갔어.

선생님 옆에 낯선 여자가 서 있었어.

머리가 새빨간 여자는 막대기를 들고 있었어.

막대기 끝에는 카메라가 달려 있었지.

여자가 킴 선생님에게 말하면서 카메라를 들여다봤어.

킴 선생님도 여자랑 똑같이 했어.

교장선생님이 손뼉을 치며 말했어.

　　　"모두 여기로 모이세요.

　　　　다 왔는지 출석을 부르겠어요."

우리 반 애들은 한 명도 안 빠졌어.

교장선생님이 한 남자를 가리키며 말했어.

"오늘 우리를 지도할 캡틴 부르노예요.

캡틴 부르노가 시키는 대로 따라하면 돼요."

부르노라는 남자가 한 걸음 앞으로 나서더니

우렁찬 목소리로 말했어.

"안녕하세요, 여러분. 오늘은 숲을

달리면서 여러 가지 활동을 할 거예요.

다리를 건너고, 밧줄을 타고,

타이어를 통과하고, 그물도 건널 거예요.

진흙밭도 뛰어서 건너야 해요."

가장 중요한 건,
앞으로 계속 나아가는 거예요!

확 짜증이 났어.

그런 걸 어떻게 밥이랑 하란 거야?

밥은 가방 안에 편안하게 앉아 있었어.

내가 뛰어도 가만히 있을까?

"여러분은 약한가요, 튼튼한가요?"

캡틴 부르노가 외쳤어.

"난 튼튼해." 나를 둘러싼 아이들이 중얼거렸어.

캡틴 부르노가 다시 소리쳤어.

"다시 물을게요. 여러분은 약한가요, 아니면 강한가요?"

교장선생님이 아이들 사이로 뚫고 나왔어.

"얘들아, 잠깐 가방이랑 신발 좀 확인할게."

뭐라고? 난 얼른 허리에 찬 가방을 손으로 가렸어.

교장선생님이 나를 보고 엄지를 척 올렸어.

"가방은 좋아. 신발도 잘 골랐구나."

교장선생님이 닉을 보고는 고개를 저었어.

"닉, 배낭은 너무 커. 여기 두고 가는 게 좋겠다."

휴. 괜히 걱정했네.

킴 선생님이 옆에 선 여자를 소개했어.

"이분은 홀리 졸리 씨예요.

인터넷에서 본 적이 있을 거예요."

우리 반 애들이 손뼉을 치며 소리를 질러 댔어.

"사랑해요, 홀리!" 제니는 거의 비명을 질렀지.

난 홀리 졸리라는 이름을 들어 본 적이 없어.

"홀리 씨는 유명해요." 킴 선생님이 말했어.

"팔로워가 백만 명이나 된답니다.

건강한 식단에 대해 아주 잘 아는 분이에요.

오늘은 우리를 찍으러 오셨어요.

홀리 씨, 모시게 되어 영광이에요. 정말 감사합니다.

모두 홀리 씨에게 박수!"

1분 뒤,
우리는 다리를 건너서
숲속으로 뛰었어.

우리는 외나무다리를 달렸어.

그다음엔 밧줄을 타고 물을 건넜지.

물에 빠질까 봐 무서워서 죽을 뻔했어.

밥이 수영을 못 하면 어쩌나 걱정도 됐어.

밥은 내 사정은 모르는지 배를 자꾸 찔러 댔어.

우리 조는 쉬지 않고 달렸어.

캡틴 부르노가 앞장서고

킴 선생님이 바로 뒤를 따랐어.

홀리 졸리는 두 사람 주변을 맴돌며 내달렸어.

오렌지색 나비인 줄 알았다니까.

난 속도를 늦추고 단테를 찾았어.

단테는 얼굴에 묻은 진흙을 씻어 내고 있었어.

단테가 날 보고 말했어.

"와, 진짜 재밌다. 넌 괜찮아?"

밥이 가방 밖으로 머리를 내밀었어.

이거 진짜 끔찍해!

밥이 지퍼를 조금 더 열고는

가방 밖으로 점프했어.

"밥, 너 지금 뭐 하는 거야?"

내가 주위를 살피며 소리쳤어.

다행히 아무도 없었어.

"밥, 너도 같이 뛸래?" 단테가 물었어.

"지금은 아무도 우리를 안 보니까

잠깐 같이 뛰어도 괜찮겠지?"

밥은 몸을 쭉 펴고 무릎을 두 번쯤 굽혔다 폈어.

"기똥찬 생각이야. 뭘 기다리는 거야?

난 뛸 준비 끝났어."

난 준비됐어.

18장

밥, 폭발하지 마!

단테, 밥 그리고 나.

우리 셋은 숲을 가로질러 달렸어.

너무너무 재미있었어!

단테는 번개처럼 빨리 달리다가

가끔 서서 우리를 기다렸어.

내가 소리쳤어.

"단테, 먼저 가. 우리가 알아서 따라갈게."

단테는 잠시 머뭇거리다가 엄지를 척 치켜들었어.

그리고 더 멀리 달려갔어.

나랑 밥이랑 둘만 남았어.

그것도 참 좋았어.

밥이 정말정말 웃겼거든.

웃음이 빵 터져서 크게 웃고 말았어.

그러다가 뒤를 돌아보았는데

세상에, 염소수염 남자가 보이는 거야!

나는 얼른 밥을 붙잡고 있는 힘을 다해 달렸어.

바람처럼 빨리 뛰었어.

그러다 도랑에 빠지고 말았어. 윽!

몸이 점점 깊이 가라앉았어.

배꼽까지 진흙이 차올랐어.

진흙이 날 끌어당기는 것 같았어.

너무 차가워서 섬뜩했지.

냄새도 지독했어!

놀란 밥은 내 머리 위로 올라갔어.

다행히 가라앉는 게 멈췄어.

하지만 움직일 수 없었어.

염소수염 남자가 나에게 다가왔어.

잠시 나를 노려보더니 팔을 쭉 뻗었어.

하지만 밥에게 닿지 않았지.

"저리 가요!" 내가 소리쳤어.

"꺼져!" 밥이 외쳤어.

밥이 온몸을 떨고 있었어.

지금은 안 돼.

"밥, 폭발하지 마!" 내가 소리쳤어.

하지만 너무 늦었어.

밥이 점점 심하게 몸을 떨더니

결국 폭발해 버렸어!

밥은 곧장 염소수염 품으로 날아갔어.

얼씨구!

19장

밥을 빼앗겼어

나는 있는 힘을 다해 비명을 질렀어.

염소수염은 부리나케 도망쳤어. 밥을 손에 꼭 쥔 채로.

"밥!" 내가 외쳤어.

악몽을 꾸는 것 같았어.

달려야 하는데 한 발자국도 뗄 수 없는 악몽.

소리를 질러야 하는데 목소리가 안 나오는 악몽.

저 멀리 단테가 보였어.

단테는 나에게 달려오고 있었어.

"그 사람이… 밥을… 데려갔어."

내가 더듬거리며 겨우 말했어.

단테가 나뭇가지를 내게 내밀었어.

그걸 잡고 간신히 도랑에서 빠져나왔어.

우리는 미친 듯이 숲속을 달렸어.

사방으로 진흙이 튀었지.

저 멀리 염소수염이 보였어.

염소수염은 물가로 뛰어갔어.

뗏목을 타고는 장대를 밀면서 앞으로 나아갔어.

우리는 카누로 달려갔어.

1초만에 올라타서 염소수염 뒤를 쫓았지.

우린 기계처럼 열심히 노를 저었어.

그때, "엘리스, 단테!" 누군가 우릴 불렀어.

킴 선생님이었어.

우리는 멈출 수 없었어.

힘차게 노를 저어 우리 반 애들을 지나쳤어.

리지가 손을 흔들었어.

킴 선생님은 입을 쩍 벌리고 우릴 바라봤어.

홀리 졸리는 이 모든 걸 찍었지.

우리도 손을 흔들었어.

"선생님!" 단테가 소리쳤어.

"우리 진짜 빠르죠?

우린 다른 길로 갈게요."

염소수염은 빠르게 뗏목을 몰았어.

빨라도 너무 빨랐지.

우리 카누가 호수 한가운데를 지날 무렵

염소수염은 벌써 반대편 물가에 다다랐어.

염소수염이 풀쩍 뛰어 물가로 내렸어.

스포츠 클럽 강사가 염소수염을 맞이했어.

튼튼한 여자였어.

여자가 한 손으로 염소수염을 붙잡았어.

다른 손으로는 메가폰을 입으로 가져갔어.

"여러분!" 여자가 소리쳤어.

"드디어 챔피언이 탄생했습니다!"

한 바퀴 빙 둘러봤어.

우리 반 애들은 호수 건너편에 있었어.

몇 명은 벌써 다리를 건너기 시작했어.

여자가 염소수염 손을 잡더니 번쩍 들어 올렸어.

그러더니 뭔가 물어봤어.

"아, 이름이 빌이래요!" 여자가 소리쳤어.

"빌 씨가 1등을 차지했습니다!

친구들이 자랑스러워하겠어요."

빌이 여자 손을 뿌리치고 자전거로 냅다 달려갔어.

"놓치면 안 돼요!" 내가 소리쳤어.

"우리 선생님이 아니에요!"

"뭐라고?" 여자가 외쳤어.

"도둑놈이에요!" 내가 소리 질렀어.

우린 서둘러 카누를 물가에 묶었어.

내가 먼저 카누에서 뛰어내려

메가폰을 든 여자를 지나쳤어.

빌이라는 남자는 벌써 자전거를 타고 달아났지.

단테가 풀밭을 가로질러 따라왔어.

"저걸 타자!" 내가 소리쳤어.

우린 큰 고카트에 올라탔어.

그러고는 페달을 힘차게 밟았어.

우린 최선을 다해 페달을 밟았어.

하지만 소용이 없었어.

빌은 이미 잘 보이지도 않을 만큼 멀어졌지.

저 멀리 한 점으로 보였어.

우린 말없이 되돌아왔어.

킴 선생님이 화난 얼굴로 우리를 기다리고 있었어.

"어떻게 카누를 타고 호수를 건널 생각을 하니?"

선생님이 꾸지람을 시작했어.

하지만 내 귀에는 들리지 않았어.

머리가 빙빙 도는 것 같았어.

밥을 구하려면 여기서 당장 벗어나야 하는데….

갑자기 홀리 졸리가 손을

내 어깨에 얹었어.

"이 학생이 가장 먼저

도착하지 않았나요?

오늘의 우승자는 이 학생이에요."

어른들이 모여서 의논했어.

킴 선생님은 처음엔 안 된다고 두 손을 흔들었어.

하지만 곧 마음을 바꾸었는지

갑자기 고개를 힘차게 끄덕였어.

그러더니 홀리 졸리를 보고 활짝 웃었어.

캡틴 부르노가 내게 걸어왔어.

"축하해! 네가 우승자야!"

캡틴 부르노가 내 목에 금메달을 걸어 줬어.

금메달이 셔츠에 착 달라붙었어.

난 단테를 바라봤어.

단테와 나는 알아. 난 우승자가 아니야.

최악의 패배자야.

밥을 지키지 못했으니까.

20장

거기 서!

단테 엄마가 우리를 태우러 왔어.

"너희 둘 다 대단해!"

단테 엄마가 숲을 빠져나오면서 말했어.

"엘리스는 1등, 단테는 2등이라니!"

단테는 한마디도 하지 않고,

은메달만 조몰락거렸어.

난 창밖만 내다봤어.

"너희 많이 지쳤구나." 단테 엄마가 말했어.

차는 공원을 지나고 있었어.

잠깐, 여기는 빌이 묵는 호텔 근처잖아.

"잠시만요. 세워 주세요." 내가 외쳤어.

단테 엄마가 놀라며 브레이크를 콱 밟았어.

"무슨 일이니?"

단테는 무슨 일인지 금방 알아차렸어.

"엘리스가 공원에서 뭘 잃어버렸어, 엄마.

지금 내려서 찾아봐야 해.

금방 집으로 돌아갈게, 괜찮지?"

"엘리스, 설마…." 단테 엄마가 말했어.

귀여운 팝콘 인형을 잃어버린 건 아니겠지?

내가 우물우물 대답했어.

"그럼요."

우리는 공원을 가로질러 호텔로 뛰어갔어.

자전거가 벽에 기대어 있었어.

빌이 타고 달아났던 바로 그 자전거!

"단테, 빌은 여기 있어." 내가 속삭였어.

"그런데 안으로 어떻게 들어가지?"

"문 열고 들어가면 되지." 단테가 말했어.

내가 말했어.

"단테, 우리 모습을 좀 봐.

이 꼴로 호텔에 들어간다고?"

하지만 단테는 호텔 정문으로 걸어갔어.

"아무도 우리한테 관심이 없을지도 몰라."

관심이 없기는….
호텔에 들어서자마자 딱 걸렸어.
"얘들아!"
호텔 프런트 직원이 벌떡 일어나
곧장 우리에게 달려왔어.

너희 여기서 뭐 하려고?

"이 호텔엔 손님들만 들어올 수 있어.
여긴 놀이터가 아니란다.
어서 나가!"

"호텔 뒤로 돌아가자."

단테가 나를 끌고 모퉁이를 돌았어.

호텔 뒤 좁은 마당으로 들어서자

커다란 문 두 개가 나타났어.

둘 다 열려 있었어.

우린 곧바로 들어갔어.

"꼬맹이, 거기 서!"

그때, 누군가 우릴 불러 세웠어.

너희 여기서 뭐 해?

요리사였어.

요리사가 대파로 날 가리키며 말했어.

"여기 들어오면 안 돼."

"요리사님하고 인터뷰하려고 왔어요."

내가 불쑥 말했어.

"우리 학교는 건강한 학교라서 건강한 음식만 먹어요.

몇 가지 여쭤봐도 될까요?"

단테가 고개를 아래위로 끄덕이며 말했어.

"학교 숙제거든요."

요리사는 의심을 풀지 않았어.

우릴 쏘아보며 말했어.

"이렇게 지저분한 손으로

뭘 묻겠다는 거니?"

요리사가 조리대를

가리켰어.

"저기 가서 씻어.

뜨거운 물과 비누로.

그러면 질문하게 해 줄게."

그러더니 요리사는

냄비로 눈길을 돌렸어.

그사이 우리는 조리대로 갔어.

"이제 어디로 가야 할까?" 단테가 속삭였어.

내가 문을 가리켰어.

"저쪽으로 가 보자."

우리는 살금살금 걸어가서 문을 열었어.

"거기 서!" 요리사가 소리쳤어.

깜짝 놀란 우린 고라니처럼 계단을 뛰어올랐어.

21장

진정해, 엘리스!

우리는 호텔 복도로 몰래 들어갔어.

한 층씩 위로 올라가면서 밥을 찾았어.

주위를 살펴보고 문에 귀를 대고 들었어.

열심히 찾아봤지만 밥의 흔적은 보이지 않았어.

밥을 찾을 수 있을까?

점점 의심이 들었어.

그러다가 7층에서 진흙 발자국을 발견했어.

발자국은 엘리베이터에서 복도로 이어졌지.

발자국을 따라갔더니 한 객실 문 앞에서 멈췄어.

우리는 조심스럽게 문에 귀를 댔어.

심장이 쿵쾅쿵쾅 뛰었어.

"저 소리 들려?" 내가 물었어.

"밥이야." 단테가 속삭였어.

밥이 웃고 있는 거 같아.

한 남자가 투덜거리는 소리가 새어 나왔어.

"저 사람 빌이야." 내가 속삭였어.

"뭐라고 하는지 모르겠어."

"내가 들어 볼게." 단테가 말했어.

"저 사람 밥한테 아주 친절해." 단테가 말했어.

"밥을 칭찬하고 있어.

아주 크고 폭발도 잘하는 게 대단하대.

밥은 한마디도 못 알아듣는 거 같아.

그래도 저 남자를 좋아하긴 하나 봐."

단테가 더 귀를 기울였어.

"저 사람은 밥이 진짜 대단하다고 생각해."

"대단하긴. 진짜 못된 사람이야." 내가 말했어.

너무 크게 말했나 봐.

갑자기 방 안이 조용해졌어.

잠시 후 문이 천천히 열렸어.

그리고 내 눈이 빌의 눈과 딱 마주쳤지.

빌이 문을 닫으려고 했어.

그 순간 내가 문틈으로 발을 들이밀었어.

"밥?" 내가 방 안을 향해 소리쳤어.

"엘리스?" 대답이 들렸어.

곧이어 익숙한 발소리가 났어.

옥수수 알갱이가 후다닥 뛰는 소리.

나는 온힘을 다해 문을 힘껏 밀었어.

내가 얼마나 기쁜지 밥에게 말해 주고 싶었어.

네가 정말정말 보고 싶었다고,

다시는 널 잃어버리지 않겠다고 말하고 싶었어.

하지만 이렇게 말하고 말았어.

밥, 저 사람 코를 콱 깨물었어야지.
왜 안 그랬어?

"먹을 거 줬으니까." 밥이 대답했어.

"이 바보야! 저 사람이 널 납치한 거야!"

내가 꽥 소리를 질렀어.

"진정해, 엘리스." 밥이 퉁명스럽게 말했어.

"너, 10까지 세는 게 좋겠어."

빌이 침대에 털썩 주저앉더니

자기 가슴을 가리키며 말했어.

"빌."

그러고는 모자를 벗었어.

모자를 벗으니 아주 못되게 보이지는 않았어.

빌이 다 말해 줬어.

미국에서 있었던 일과

팝콘 회사 대표인 코럴라인 콘 이야기까지.

코럴라인 콘이 밥을 손에 넣고 싶어 한대.

코럴라인이 빌한테 그 일을 맡긴 거였어.

빌은 일을 끝내기 전엔 집으로 돌아갈 수 없대.

처음으로 모든 걸 알았어.

빌의 옥수수 농장.

빌이 사용한 불법 약품.

하룻밤 사이에 엄청나게

자란 옥수수.

으하하,
돈을 어마어마하게
벌겠구나!

터지지 않은 옥수수 알갱이들.

빌이 그걸 코럴라인의 회사에
팔아 버린 이야기까지.

빌은 진심으로 미안해했어.

밥을 코럴라인한테 넘기고 싶지 않다고 했어.

나도 그 말을 믿게 됐어.

하지만 우리 계획이 성공하리란 건 믿을 수 없었지.

22장

믿어도 될까?

우리 모두 엘리베이터를 탔어.

우리가 가려는 곳은 이 호텔에서 가장 높은 층.

난 밥을 꼭 붙들었어.

버튼은 내가 누를래.

내가 곁눈질로 빌을
쳐다봤어.

이 남자는 우리를
며칠 동안 따라다녔어.

결국엔 밥을 납치했지.

지금 우린 그런 사람을 도우려고
나선 거야!

그래도 괜찮을까?

밥은 거울에 비친 자기를 보고
낄낄거렸어.

거울 속 내 모습은 늪에 사는 짐승 같았어.
엘리베이터는 금방 꼭대기 층에 도착했어.
"띵!" 소리가 나더니 스르르 문이
열렸어. 마치 전자레인지에서
나오는 것 같았지.

꼭대기 층 복도에는 문이 하나밖에 없었어.

아주 커다란 문이었어.

문에 달린 초인종 위에 카메라가 보였어.

"이거 맘에 안 들어." 내가 말했어.

밥을 얼른 허리 가방에 넣고,

지퍼를 끝까지 채웠어.

빌이 초인종을 눌렀어.

한 여자가 문을 열었어.

누군지 바로 알아봤지.

집에 왔던 바로 그 여자가 코럴라인이었어.

여자가 단테와 빌을 뚫어지게 노려봤어.

그런 다음 나한테 눈을 돌렸어.

오싹한 느낌이 등줄기로 흘렀어.

"다시 만났네요."

내가 안으로 들어가면서 말했어.

여자는 빌과 이야기했어.

빌이 웃었는데, 왠지 우리를 비웃는 것 같았어.

마음속에서 의심이 자라기 시작했어.

설마 우리가 함정에 걸린 건 아니겠지?

단테가 옆구리를 찔렀어.

그래, 알았어. 계획한 대로 할 테니 그만 찔러.

나는 허리 가방을 열고 밥을 밖으로 꺼냈어.

밥은 내 손 위에 눈을 감고 축 늘어져 있었어.

여자가 인상을 팍 쓰더니 뭐라고 말했어.

"밥이 죽었느냐고 물었어." 단테가 알려 줬어.

"완전히 죽었어요." 내가 고개를 끄덕이며 말했어.

그러고는 손을 살짝 흔들었어.

밥이 돌멩이처럼 흔들렸어.

연기를 어찌나 잘하는지 정말 죽은 것 같았어.

"다 끝났어요." 내가 말했어.

"이제 살아 있는 옥수수 알갱이는 없어요.

그러니까 미국으로 돌아가세요."

여자가 우리 말을 못 한다는 건 알고 있었지만

그래도 내 말을 알아들었기를 바랐어.

난 숨을 깊이 들이마시고 여자 눈을 똑바로 쳐다봤어.

172

그런데 여자가 갑자기 한 걸음 다가오더니
내 손에서 밥을 휙 낚아챘어.
"아야." 밥이 식식거렸어.

악! 아줌마, 이렇게 세게 잡으면 어떡해!

"아하!" 코럴라인이
소리쳤어. 그러고는 매우
빠르게 말하기 시작했어.
단테가 조용히
통역했어.
"밥을 미국으로
데려갈 거래.
그리고 또…"
갑자기 단테가
입을 다물지 못했어.

"엘리스, 이 여자가 그러는데, 더 있대.

살아 있는 옥수수 알갱이들이 또 있다고!

아무한테도 피해를 주지 못하게 가두어 두었대.
밥도 거기로 데려가야 한대. 그래야 우리가 안전하대."

밥이 애를 써서 여자 손에서 빠져나왔어.

아줌마, 그만 좀 떠들어!

밥이 샛노랗게 변했어.
몸을 흔들고 부르르 떨더니
커다란 팝콘으로 바뀌었어.
난 밥이 또 이리저리 튀고 날아서
사방에 부닥칠 줄 알았어.
그런데 웬걸?
밥은 곧장 코럴라인 얼굴로
날아가서 코를 콱 깨물었어.

23장

음음음!

빌이 나에게 눈을 찡긋하고는 밥에게 달려갔어.

빌은 밥을 자기 셔츠 속에 숨기고

무언가를 씹는 척했어.

한참을 그러다가 뭔가를 꿀꺽 삼켰어.

그런 다음 입을 쓱 닦았어.

코럴라인이 빌을 노려봤어.

"빌한테 정말 밥을 먹었느냐고

물었어."

아드득

바드득

아드득

바드득

단테가 통역해 줬어.

빌이 단테를 보고 엄지를 치켜세웠어.

"음음음."

"빌이 '음음음'이라고 하는데." 단테가 말했어.

좀 헷갈리긴 했지만 무슨 뜻인지 눈치챘어.

"난 알아들었어." 내가 말했어.

코럴라인은 꽤 오래 가만히 서 있었어.

빌이 정말로 밥을 먹었다고 생각하는 것 같았어.

그러더니 방 안을 빙빙 돌며 걸었어.

코럴라인은 씩씩거리더니 혼잣말을 했어.

"멍청한 농부 같으니." 단테가 통역했어.

"이건 말도 안 돼. 그래도 뭐, 괜찮아.

아무튼 그걸 없애기는 했으니까."

잠시 뒤 코럴라인이 등을 곧게 폈어.

코럴라인은 성큼성큼 걸어가서

문을 열었어.

"우리더러 나가래." 단테가 말했어.

"자기는 내일 빌과 함께 미국으로 돌아갈 거래."

우리는 방에서 곧장 엘리베이터로 뛰어갔어.

엘리베이터에 타자마자 빌이 밥을 꺼냈어.

우리는 작게 환호성을 질렀어.

"밥, 진짜 잘했어." 내가 말했어.

그런데 밥이 기운이 없어 보였어.

"밥, 괜찮아?" 내가 물었어.

단테도 걱정했어. "뭔가 잘못된 거 아냐?"

이런, 큰일 났어!

"주방으로!" 내가 황급히 말했어.

"밥을 주방으로 데려가야 해."

"버튼은 네가 누를래?"

밥에게 물었지만, 아무 말도 하지 않았어.

너무 아픈가 봐.

"서둘러. 빨리 가자."

우리는 주방으로 달려갔어.

단테와 빌이 주방 문을 열자

흰 앞치마를 두른 사람들이 우리에게 달려왔어.

"하, 또 너희야?" 요리사들이 말했어.

단테와 빌이 그들을 막고 이야기했어.

난 그 틈에 전자레인지를 찾아서 재빨리 밥을 넣고

돌렸어.

시간이 느리게 흘렀어.

1분이 1년 같았지.

그 사이 단테와 빌은 주방 사람들 관심을 끌었어.

마침내 전자레인지가 멈췄어.

밥은 완전히 새로 태어난 것 같은 모습으로 나왔어.

"빨리 나가자." 내가 속삭였어.

우리는 밖으로 내달렸어.

뒤도 안 돌아보고 뛰다가 모퉁이를 돌자마자 멈췄어.

"휴, 이제 집으로 가자." 내가 말했어.

"아니야." 밥이 대답했어.

24장

안녕

다음 날, 홀리 졸리가 학교에 왔어.

영화를 보여 주러 온 거였어.

우리 모두 강당에 앉아서 기다렸어.

킴 선생님이 무대 위로 올라가서 홀리 졸리 옆에 섰어.

"학생 여러분!" 선생님이 말하기 시작했어.

"여러분 모두 너무나 자랑스러워요!

어제 운동회에서 모두 잘했어요. 학교에서 건강한

음식만 먹은 효과를 다들 느꼈을 거예요."

"건강한 음식만 먹는 게 쉽지 않았을 거예요."

킴 선생님이 나를 보며 말을 이었어.

"누가 정말로 힘들어했는지 잘 알아요.

엘리스, 난 네가 특별히 자랑스럽단다.

네가 이렇게 변했다는 게 정말 놀라워!

게다가 운동회에서 우승까지 하다니.

진짜 잘했어."

난 애매하게 웃었어.

그때였어.

"말도 안 돼요. 이건 진짜 불공평해요!"

제니가 자리에서 벌떡 일어났어.

제니는 무대 위로 올라갔어.

제니가 날 가리켰어.

"엘리스가 날마다 팝콘을 학교에 가져왔어요!

우리 반 애들한테 다 나눠 줬다고요!"

난 단테를 곁눈질했어.

너 제니한테 유니콘 안 그려 줬니?

단테가 코를 문지르며 대답했어.

"아차, 까먹었다."

킴 선생님 얼굴이 새빨갛게 변했어.

"엘리스!"

그 순간 홀리 졸리가 손뼉을 치기 시작했어.

오, 팝콘이라니. 아주 환상적이야!

홀리 졸리가 입맛을 다셨어.

"팝콘이야말로 최고 간식이죠.

공기처럼 가볍잖아요.

저도 거의 날마다 먹어요.

팝콘은 몸에 전혀 나쁘지 않아요.

건강한 음식은 재밌기도 해야죠.

맞죠, 킴 선생님?"

킴 선생님이 홀리 졸리를 쳐다봤어.

"엘리스는 정말 똑똑해요."

홀리 졸리가 다시 말했어.

"킴 선생님이 엘리스를 특별히 자랑스러워하는

이유를 이제야 알겠어요."

킴 선생님은 눈만 껌벅거렸어.

"아, 그게…." 선생님이 더듬더듬 말했어.

"네, 그래요. 홀리 씨가 그렇다면 그런 거죠."

이런 날이 오다니! 누가 생각이나 했겠어?

팝콘 금지가 풀렸어.

다시 학교에서 팝콘을 먹을 수 있게 된 거야.

이게 다 홀리 졸리 덕분이야.

이제 팝콘을 숨겨서 가져갈 필요도 없어졌어.

잘됐어. 진짜 잘됐어.

하지만 마음이 편하지 않아.

자꾸 밥 생각이 나.

밥이 미국으로 가고 싶다잖아.

학교가 끝나고 공원으로 갔어.

거기서 빌을 만나기로 약속했거든.

빌이 먼저 와 있었어.

밥이 빌과 주먹을 부딪치며 인사했어.

그런 다음 물구나무를 섰어.

"내가 진짜 많이 생각해 봤는데," 내가 말했어.

"밥, 네가 떠나지 않았으면 좋겠어."

밥이 기우뚱대다가 넘어졌어.

내가 언제 떠난다고 그랬어?

너도 나랑 같이 갈 거잖아?

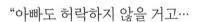

"내가 어떻게 같이 가?"

내가 말했어.

"아빠도 허락하지 않을 거고…

학교도 가야 하고. 그냥 미국으로 휙 날아갈 순 없어."

그때 빌이 뭐라고 말했어.

"빌이 돕고 싶대." 단테가 말했어.

"자기 잘못을 갚을 기회를 달래."

내가 어디 사는지 알려 줄 필요는 없었어.

빌이 이미 알고 있으니까.

우리는 공원에서 빌을 기다렸어.

정말 오래 기다렸어.

마침내 빌이 자전거를 타고 나타났어.

빌은 왼쪽 오른쪽으로 비틀거리며 다가왔어.

셋이 공원에서 이야기했어.

"어떻게 됐어요?" 내가 빌에게 소리쳤어.

"아빠한테 이야기했어요?"

빌이 엄지를 치켜올렸어.

오늘은 금요일.

우린 팝콘 천국에 앉아 있어.

팝콘을 세 봉지나 만들었어.

하나는 밥 거, 또 하나는 단테 거, 마지막으로 내 거.

빌이 어떻게 해냈는지는 모르지만

아무튼 아빠와 아저씨가 미국에 간다고 했어.

미국 가서 할 일이 있대.

우리 모두 이번 여름에 미국에 가는 거야!

물론 단테도 같이 가지.

밥은 벌써 영어를 연습하고 있어.

밥이 영어로 소리쳤어.

"AMERICA… HERE WE COME!"

끝

진짜 끝은 아니고….

우리가 미국에 간 이야기는 3권에서 만나.

글을 쓰는 마랑케와 그림을 그리는 마르테인은
함께 여러 어린이책을 만들었어요. 두 사람은
부부 사이로 세 자녀, 그리고 세 고양이와 함께 네덜란드 로테르담에 살아요.
그들이 사는 집은 이전에 정육점이었대요. 하지만 두 사람은 고기를 먹지 않죠.
그 대신에 팝콘을 엄청나게 먹는답니다.

글 마랑케 링크

1976년에 네덜란드 로테르담에서 태어났습니다. 오랫동안 교사로 일했으며,
지금은 어린이책 작가로 책을 쓰며 어린이와 어른을 위한 글쓰기 강좌를
열고 있습니다. 판타지와 유머가 풍부한 모험 이야기를 좋아하며, 군더더기
낱말이 들어간 글을 아주 싫어합니다. 마랑케가 지은 책은 중국, 멕시코,
미국, 이탈리아, 영국, 독일 등 여러 나라에서 번역되어 출판되었습니다.

그림 마르테인 판데르린덴

20년 가까이 일러스트레이터로 일했습니다. 아내이자 작가인 마랑케 링크와
다른 작가들이 쓴 여러 어린이책에 그림을 그렸습니다. 초현실적인 동물
그림부터 유머러스한 흑백 그림까지 다양한 스타일의 그림으로 여러 상을
받았습니다.

❷ 스파이 팝콘 밥 팝콘 금지령을 해제하라

초판 1쇄 발행 2025년 2월 11일
글쓴이 마랑케 링크 · **그린이** 마르테인 판데르린덴 · **옮긴이** 신동경
펴낸이 이선아 신동경 · **꾸민이** 진보라
펴낸곳 판퍼블리싱 · **출판등록** 2022년 9월 21일 제2022-000007호
주소 서울시 마포구 연남로3길 73-6 2층
이메일 panpublishing@naver.com · **팩스** 0504-439-1681

ISBN 979-11-988986-6-1
ISBN 979-11-988986-4-7(세트)